Disney

La Reine des Neiges II

Le portrait royal

Texte de Valentina Cambi.
Adaptation : Rosalind Elland-Goldsmith
Illustrations : Disney Storybook Art Team
Conception graphique : Le chalet graphique

Hachette Livre, 58, rue Jean-Bleuzen, 92178 Vanves Cedex.

Disney

La Reine des Neiges II

Le portrait royal

hachette
JEUNESSE

ELSA

La Reine des Neiges règne sur la Forêt Enchantée. Dotée de pouvoirs magiques, elle peut tout transformer en glace !

ANNA

La petite sœur d'Elsa a promis de veiller sur le royaume d'Arendelle. Rien ne l'arrête quand il s'agit de partir à l'aventure !

OLAF

Ce petit bonhomme
de neige tout mignon
est aussi très, très drôle !
Mais surtout, il est
un ami fidèle.

1

Une journée très spéciale

Aujourd'hui est un grand jour pour Anna. C'est la première fois depuis son couronnement qu'elle va poser en tant que reine d'Arendelle ! Son portrait sera accroché dans la grande galerie du château, à côté de ceux de ses parents et de tous ses ancêtres. La jeune femme est folle de joie !

Pour prendre la pose, Anna a revêtu sa plus jolie robe.

– Qu'en penses-tu ? demande-t-elle à Olaf en virevoltant.

– Cette tenue te va parfaitement ! assure le bonhomme de neige avec enthousiasme. Et elle est idéale pour un portrait royal !

– Oui, acquiesce son amie avec un large sourire. La dernière fois que j'ai posé, c'était il y a longtemps, avec ma sœur. Nous étions alors de toutes jeunes princesses...

Elle désigne une toile sur le mur. On y voit son père, en tenue de cérémonie, et sa mère, assise sur un fauteuil de velours. Elsa se tient près d'eux, les mains jointes et l'air très sage. Anna, elle, n'a pas plus d'un an sur le tableau... et paraît nettement plus agitée !

– Je me souviens de cette séance comme si c'était hier, commente la jeune reine en

contemplant le tableau. Ma sœur n'avait aucune difficulté à rester immobile alors que moi, je n'arrêtais pas de remuer !

Elle glousse en repensant aux nombreux essais qu'Alf, le

peintre royal, avait dû faire pour obtenir un tableau digne d'être exposé dans la galerie. Sur cinq des toiles, Anna était dressée sur les genoux de sa mère, ou retournée vers son père, ou penchée vers sa sœur pour lui tirer une couette… Bref, elle gigotait dans tous les sens !

– Pauvre Alf, pouffe la souveraine. Lui qui aime travailler au calme et dans de bonnes conditions, il a cru devenir fou !

Elle a tout juste fini sa phrase qu'une voix retentit :

– Tiens ? J'entends qu'on parle de moi ?

– Alf ! s'exclame Anna en l'accueillant. Quelle joie de vous retrouver après toutes ces années !

Le peintre s'avance vers elle. À part ses cheveux grisonnants et quelques rides au coin des yeux, il n'a pas changé. Un garçon d'une douzaine d'années l'accompagne.

– Bonjour, Majesté, répond Alf. Je suis très heureux de vous revoir. Et je me suis permis de venir avec mon fils, Finn !

Le garçon s'avance et, d'un ton un peu intimidé, déclare :

– C'est un honneur de faire votre connaissance.

– Tout le plaisir est pour moi ! assure Anna. Alors, Finn, tu fais des portraits, toi aussi ?

– Oui, répond ce dernier. Comme papa ! Et j'essaie de développer mon propre style, avec de nouvelles techniques…

Pendant que Finn parle avec la reine, Alf installe son matériel. Il déplie son chevalet et dispose ses flacons de peinture sur une petite table. Enfin, il fait signe à Anna que tout est prêt.

– Je vous propose d'aller vous asseoir sur votre trône, Majesté…, dit-il. Nous allons commencer la séance !

Débuts mouvementés

Anna s'installe dans le grand siège royal et dispose sa robe afin que les plis se placent harmonieusement.

– Parfait, Majesté ! juge Alf. Vous souvenez-vous de la règle

numéro un lorsque l'on pose pour un portrait ?

La reine s'apprête à répondre, mais Olaf réagit avant elle.

– Il faut sourire ! lance-t-il sans hésiter.

La souveraine retient un gloussement.

– Non, Olaf, la règle principale, c'est qu'il faut rester immobile, autant que possible. Mais ne vous inquiétez pas, Alf : cette séance sera beaucoup plus calme que lorsque j'étais enfant !

– Parfait, approuve le peintre. Alors, je n'ai plus qu'à me mettre au travail !

Il vient à peine de commencer son tableau que Kai, le majordome, frappe à la porte et entre avec un chariot rempli de documents.

La souveraine retient un gloussement.

– Non, Olaf, la règle principale, c'est qu'il faut rester immobile, autant que possible. Mais ne vous inquiétez pas, Alf : cette séance sera beaucoup plus calme que lorsque j'étais enfant !

– Parfait, approuve le peintre. Alors, je n'ai plus qu'à me mettre au travail !

Il vient à peine de commencer son tableau que Kai, le majordome, frappe à la porte et entre avec un chariot rempli de documents.

– Pardon de vous déranger, Majesté, souffle-t-il, mais j'ai ici plusieurs papiers urgents à vous faire signer.

Anna est un peu gênée d'interrompre la séance.

– Pourrait-on faire une petite pause ? demande-t-elle à Alf. Cela ne prendra pas longtemps...

– Bien sûr, acquiesce le peintre.

Olaf se précipite à côté de son amie.

– Je peux te donner un coup de main, si tu veux ! Je suis devenu très bon en écriture, tu sais.

– C'est ma signature qui doit figurer au bas de ces documents, explique Anna avec un sourire. Mais merci beaucoup de proposer ton aide , c'est très gentil.

Pendant que la souveraine s'affaire, Alf continue de peindre. Il profite de cette interruption pour apporter des détails et ajouter des touches de couleur à sa toile.

– Papa, tu es vraiment doué…, murmure Finn derrière lui.

– C'est mon métier, rappelle son père. Je fais toujours de mon mieux !

Enfin, Anna arrive au bout de sa pile de papier. Elle se rassoit sur son trône, mais voilà que le général Mattias fait irruption à son tour dans la salle du trône.

– Toutes mes excuses, Majesté, dit-il. Je sais que vous êtes

très occupée, mais il est l'heure d'inspecter les troupes.

– Déjà ? s'étonne la souveraine. Je n'ai pas vu le temps passer…

Mattias hoche la tête. Anna se tourne vers Alf et lui adresse un regard soucieux.

– Ne vous inquiétez pas, assure le peintre. En tant que reine, il est bien normal que vous ayez de nombreuses obligations…

– Merci, répond la jeune femme. Je reviens très vite. Et ensuite, promis, vous pourrez peindre tranquillement !

3

Nouvelles interruptions

Quand Anna revient, une heure plus tard, elle trouve Gerda dans la salle du trône. L'intendante du château d'Arendelle apporte le thé.

– Merci, Gerda, dit la souveraine, je vais attendre qu'Alf ait fini de peindre mon portrait. Mais toi, Olaf, tu peux en prendre, si tu veux.

Le bonhomme de neige ne se fait pas prier. Il s'élance mais, dans son empressement, il trébuche et percute Gerda de plein fouet.

L'intendante lâche la tasse qui vole dans les airs… et se renverse sur la belle tenue d'Anna !

– Oh, non ! s'écrie cette dernière.

– Quelle catastrophe ! se désole la vieille femme en observant la tache sur la robe de velours. Il vaut mieux aller vous changer, Majesté…

– Je suis navrée, Alf, s'excuse la reine. Je n'en ai que pour quelques minutes !

Celui-ci acquiesce, bouche bée, tandis qu'Anna se sauve dans ses appartements.

Heureusement, la souveraine tient sa promesse. Elle est bientôt de retour, vêtue d'habits secs et propres.

– Ah, te revoilà ! s'exclame Olaf en l'accueillant. Dis, Anna, je voulais te poser une question… Quand Alf aura fini ton portrait, est-ce qu'il pourra peindre le mien ?

– Bien sûr !

– Est-ce que je dois porter une tenue spéciale ?

– Tout ce qu'il te faut, c'est un petit accessoire pour faire la différence. Un bijou, par exemple. Quand j'étais enfant, ma mère m'a offert un collier, mais je n'ai jamais trouvé l'occasion de le porter. Je pourrais te le prêter ! Alf, pourriez-vous m'excuser un instant, s'il vous plaît ?

Et avant même que celui-ci puisse répondre, la reine et le bonhomme de neige disparaissent dans le couloir.

Le peintre lève les bras au ciel et soupire :

– Je ne réussirai jamais à finir ce portrait… La séance est constamment interrompue !

– Si, papa, tu vas y arriver, j'en suis sûr ! l'encourage Finn. Comme je suis certain que le tableau sera magnifique !

Mais Alf, lui, n'en est pas si convaincu…

4

Catastrophe !

La reine revient avec le fameux collier. Elle s'avance vers le trône en s'excusant encore auprès d'Alf.

– Pardonnez-moi. Cette fois, je suis à vous !

Mais avant qu'elle puisse s'asseoir, une voix l'interpelle :

– Bonjour, Anna !

La jeune femme pivote sur elle-même.

– Kristoff ! Sven ! Quel plaisir de vous voir ! Je suis en pleine séance de pose et ce n'est pas de tout repos…

Elle jette un coup d'œil au peintre qui répond, avec un sourire un peu forcé :

– Rien de grave, Majesté. Mais si nous reprenions...

Il est interrompu par un « ATCHOUM ! » retentissant... suivi d'un terrible fracas !

Tout le monde sursaute. C'est Sven qui a fait tomber les flacons placés sur la petite table ! Intrigué par ces fioles remplies de liquide coloré, le renne s'est approché pour les renifler.

Leur puissante odeur lui a chatouillé les narines… et il a éternué un grand coup. Tous les flacons ont volé et la peinture se répand sur le sol.

–Attention ! s'écrie Finn, affolé.

Olaf, lui, éclate de rire en voyant le renne qui glisse sur une grande flaque bleue.

– Alors, Sven ? s'amuse-t-il. Tu fais du patin à… gouache ?

Mais le renne n'a pas la tête à plaisanter. Ses sabots glissent et dérapent de plus belle ! Il essaie

tant bien que mal de retrouver l'équilibre, quand soudain… *PAF !* Il heurte le chevalet d'Alf.

– Le portrait ! hurle Finn.

Heureusement, son père réagit à temps. Il bondit et rattrape la toile au vol.

– Je l'ai ! s'exclame-t-il.

– Waouh ! Bravo, papa ! le félicite son fils, admiratif. Tu as de bons réflexes !

Anna est navrée.

– Alf, je suis désolée que vous ayez tant de difficultés à réaliser mon portrait, dit-elle. Je ne pensais pas que nous serions si souvent interrompus.

C'est Finn qui répond, l'air dépité :

– Dommage que je n'aie pas apporté mon propre matériel, Majesté... Vous n'auriez pas eu à rester immobile plus de quelques secondes !

La reine écarquille les yeux.

– Quelques secondes ? répète-t-elle. Je ne comprends pas. Quel matériel utilises-tu ?

– Un appareil photo ! répond le garçon.

5

Les portraits

Un grand sourire se dessine sur le visage d'Anna.

– Finn, si tu allais chercher ton appareil ? suggère-t-elle. Tu pourrais prendre une photo de ton père pendant qu'il termine mon portrait. Alf est

un si grand artiste, il faut immortaliser la scène !

– Oh, oui ! Quelle bonne idée ! s'enthousiasme le garçon. J'adorerais photographier mon père en plein travail. Merci, Majesté !

Sur ces mots, il quitte la salle en courant.

En l'absence de Finn, Alf se remet au travail. Et cette fois, Anna ne bouge pas de son trône. Elle a fait savoir à tout le château qu'il ne fallait la déranger sous aucun prétexte !

Le peintre a presque terminé son tableau quand son fils revient. Ce dernier transporte une drôle de machine avec une grosse boîte montée sur trois pieds, recouverte d'un petit voile noir.

– Ça alors…, souffle Kristoff en s'approchant pour examiner l'appareil photo. C'est la première fois que j'en vois un d'aussi près.

Sven s'avance à son tour, la mine éberluée. Son maître constate en riant :

– Toi aussi, on dirait… Mais après ce qui est arrivé avec les flacons de peinture, mieux vaut que tu gardes tes distances !

Le renne, un peu vexé, obéit. Il pousse un grognement et recule d'un pas pour observer.

Finn installe l'appareil et se place derrière pour prendre la photo.

Il passe la tête sous le voile noir, vérifie que l'objectif est bien orienté et règle le cadrage. Puis il resurgit de sous le tissu et brandit un flash. Kristoff, Sven et Olaf suivent la scène avec curiosité.

– Vous êtes prête, Majesté ? demande Finn à la souveraine.

– Oui ! répond Anna, la mine radieuse.

Le garçon compte :

– Un… deux… trois…

FLASH ! Il y a un éclair aveuglant. Olaf pousse un cri et Sven grogne en sautant en arrière.

– C'est dans la boîte ! s'exclame Finn, ravi.

Une semaine plus tard, le peintre et son fils sont de retour au château. La reine les a invités pour les remercier de leur travail et leur annoncer une grande nouvelle.

Elle les conduit dans la galerie où sont exposés tous les portraits royaux. Seulement, à côté de celui d'Anna, il y a un second cadre, plus petit…

– Ma photo ! observe Finn. Vous l'avez accrochée aussi ?

– Oui, acquiesce la jeune femme, car vos œuvres sont aussi magnifiques l'une que l'autre ! Je ne pouvais pas

me résoudre à n'en exposer qu'une seule.

Le garçon est fou de joie. Il lève vers son père un regard ému.

– Et ce n'est pas tout ! poursuit Anna. J'ai décidé d'instaurer une nouvelle tradition à Arendelle. Désormais, il n'y aura pas un mais deux portraits officiels : le premier, représentant le souverain… et l'autre, avec son peintre !

Alf et Finn échangent un sourire. Ils sont heureux que leurs talents respectifs soient reconnus.

– Vive Anna ! s'exclament-ils en chœur. Vive la reine d'Arendelle !

FIN

Découvre très prochainement
une nouvelle aventure de

Disney
La Reine des Neiges II

As-tu lu les premiers tomes de *La Reine des Neiges 2* ?

Tome 1

Tome 2

Tome 3

Tome 4

Tome 5

Tome 6

Tome 7

Tome 8

TABLE

hachette s'engage pour l'environnement en réduisant l'empreinte carbone de ses livres. Celle de cet exemplaire est de :
200 g éq. CO_2
Rendez-vous sur
www.hachette-durable.fr

PAPIER À BASE DE FIBRES CERTIFIÉES

Photogravure Nord Compo - Villeneuve-d'Ascq

Imprimé par Rotolito Romania en Roumanie
Dépôt légal : janvier 2021
Achevé d'imprimer : décembre 2020
62.6916.4/01 – ISBN 978-2-01-713094-9
Loi n° 49956 du 16 juillet 1949
sur les publications destinées à la jeunesse